辽宁省法库县人

1953年生

中国作家协会会员

中共铁岭市委副秘书长

铁岭市委政策研究室主任

铁岭市作家协会主席

出版诗集《党兴昶抒情诗选》

散文集《如是我心》

儿童散文集《党兴昶儿童散文集》

民俗理论集《常突额勒克的神话》等10余部

儿童文学作品获中国图书奖

中宣部“五个一工程”奖

辽宁省儿童文学奖等

北方的家

党兴昶儿童散文 2

DANGXINGCHANGERTONGSANWEN

# 小猪拱门

党兴昶 著

辽宁人民出版社

来吧 到北方的家里来呀

然后我们一起出发

# 序

金波

多读散文。在儿童文学的各种样式中，散文有诗歌的抒情和意蕴，有小说的写人和叙事，有议论文的思辨和智慧。我在阅读了《北方的家——党兴昶儿童散文》以后，更有了多读散文的想法。

这套散文系列共分四卷，即《雁儿落，雁儿飞》《小猪拱门》《钓蚂蚁》《小鸟和树林》，表现的都是东北农村儿童的生活，有的像一幅幅民俗画，有的像一首首抒情诗，有的像一支支小谣曲。

从这些散文中，我嗅到了东北土地上的花香，看到了姹紫嫣红的色彩，听到了虫嘶鸟啭的天籁之音。

我看到了东北肥沃的土地，不但给了我们口腹之养，还给了我们可贵的童年记忆和“北方的家”的种种体验。

浸透其间的是人情之美、教化之美，是那种平和顺遂的情境，自古尊崇的风习。

《奶奶的婆婆丁》（见《雁儿落，雁儿飞》）表述了一段亲情故事，有快乐、有哀伤、有愧疚，都是记忆里的珍藏。我们读着，渐入佳境，那就是全身心地回归童年，返璞归真，不再凡庸。

《小白菜》（见《小猪拱门》）唱的不再是旧日孤儿的哀歌，传达给我们的是一篇人伦的佳话。从这卷散文集里，我读到了童年快乐的游戏，读出了童话的奇趣，那些俚语故事，就像随风吹来的歌谣，它们趁韵吟唱，自然成文。

《小纸船》（见《钓蚂蚁》）写了孩子的丢失与获得，失望与期望，是一篇成长的童话。收入这一卷的散文，像不经意间的书写，是一幅幅淡淡的画。

《母鸡下蛋》（见《小鸟和树林》）写的是“一种稀有的毅力和母爱”。这里的不少故事，都是作者储之胸底的记忆，表现了作者玩索不倦的思考。

这些散文都不是鸿篇巨制，但山川的一草一木，人物的一颦一笑，都流溢着多变的色泽和纯真的情愫。作者从小饱餐了家乡四季的秀色，与一起长大的伙伴十分厮熟，那山上的小红花，那童年的想象，甚至那些戏谑顽皮，作者都能用一颗童心、一颗爱心将这一切绾拢在一起，就像用金丝银线织就的一幅画，让人回味，惹人梦思。

我读这些散文，常常掩卷遐想，羡慕作者有这么好的记忆，让他那些童年的故事经久不忘。我进而又想，与其说作者有好的记忆，不如说他有一种回归童年的天赋。有这天赋的人，会体验时光倒流、韶华可再的幸福。那些童年往事，本蛰伏在他的生命中，一旦有了契机，他可即席挥笔，也可慢慢吟哦。

读这些散文，对心灵是一种抚慰和庇护。我们恍若回到童年，触摸到了童年的脉搏，那是多么健旺的生命。

有健旺的生命，才会热爱生活，才会敏锐，才会不断地寻索和发现，才会触目成趣，走笔行文，写出内容丰富又具美感的散文。

正是因为读了党兴昶先生的这些精短散文，我才更加坚信：多读散文，于做人，于学养，于写作，都大有益处。

是为序。

2009年11月于北京

**金 波**

首都师范大学教授，北京作家协会儿童文学创作委员会主任。出版诗集、童话集、散文集、评论集等数十部。曾获国家图书奖、“五个一工程”奖、中国作家协会全国优秀儿童文学奖、冰心儿童文学奖、宋庆龄儿童文学奖等。曾获国际安徒生奖提名。

# 感受山村夏日黎明的清爽

## ——我读《小猪拱门》

李蓉梅

《小猪拱门》，多么有趣的题目。这本散文集透着山村夏日黎明的清爽，而内容的澄澈欢畅则如林间奔流不息的小溪，乐眼乐心。

这些散文如歌如画，贴近儿童生活，读一篇散文就如听一首歌，看一幅画。怎么读，才能听出歌的韵律，品出画的风格呢？

首先要欣赏语言，看作品的语言是否具有表现力。党老师的儿童散文，语言特别富有表现力，可以说从第一句话开始就把你带入了他所描写的场景中去。一起来看第一篇散文《采花南河汊》，“采花去！”这句话是在对读者你说，也是在对别的小朋友说，采花这么好玩的事，“我”可不能独自去，于是一路呼朋引伴，见一个邀请一个，一起来到了南河汊。“咦——呀呀呀呀呀，咦——呀呀呀呀呀”连续几个拟声词，充满了惊讶，还带着京剧的腔调，传神地表现了采花小童的表情，是什么让人如此惊讶呢？原来是蜂飞蝶舞，老鹰盘旋，蜻蜓上枝头。“咦——呀呀呀呀呀，咦——呀呀呀呀呀”同样的拟声词重复出现，这一次又怎么啦？原来采花仙子改变主意啦，“看看”“闻闻”“摸摸”“舔舔”，然后呢？然后，“手儿空空，心儿满满”哼着歌儿回家了。花没采到，一个护花仙子的形象却跃然纸上了。

其次要欣赏画面。画面也是由语言绘制而成的，所以，还是离不开语言。党老师的散文画面感很强，看起来是一个个字，可是在头脑里在眼前就会浮现出一幅幅的画。一起来看看《摆宴席》，是不是一幅似曾相识的儿童开心图呢？青草是炒韭菜，稀泥是摊黄菜，小木棍是清炖鱼，小石头是红烧肉。好了，这些家常菜都一盘盘端上来了。还有燕窝、鱼翅、熊掌什么的，全都“随便找点什么……摆上！”好了，一桌丰盛的宴席终于摆好了，至此，读者的眼前已是一幅色彩鲜艳的儿童聚餐图了。而后面的为唐僧师徒准备的素宴、为花和尚鲁智深准备的狗宴，这些丰富的想象则又把你的思绪带入了另外的画面。读党老师的散文，确实是在赴一场视觉的盛宴。

最后要体会韵律。党老师的散文节奏感很强，有诗的韵律，这种韵律有的是由押韵形成的。请看《逛南壕》：

逛南壕，逛南壕，

逛一趟南壕给你瞧。

南壕长着樱桃树，樱桃树上结樱桃。大的真挺大，小的也不小；后结的都挺嫩，先结的也不老……圆溜溜的圆，红彤彤的红，它们个个都咧嘴儿笑。

“壕、瞧、桃、小、老、笑”适当地方的最后一个字都押“ao”韵，读起来朗朗上口，很有节奏感。除了通过押韵来达到音韵美，叠词的运用也有这个功效。比如这句“圆溜溜的圆，红彤彤的红”，“溜溜”、“彤彤”这两个叠词就让这两句话念起来很有节奏。

党老师的散文借鉴了民歌的形式，有时不必押韵、不用叠词也给人音乐的美感。比如《挖野菜》这篇散文，每段的开头都有一个自问自答句：挖野菜，挖什么菜？挖上一筐婆婆丁。/ 挖野菜，挖什么菜？挖上一筐车轱辘菜。/ 挖野菜，挖什么菜？挖上一筐水凌棵。/ 挖野菜，挖什么菜？挖上一筐大灰菜。通过问答形式的反复，让文章在总体风貌上呈现节奏的一致，从而给人强烈的韵律感。

此外，党老师的散文在对童真童趣的捕捉上也非常到位，这使作品洋溢着浓浓的童稚美。比如《小猪拱门》，小猪为什么拱门呢？在小孩看来那是因为小猪饿了，孤单了，冷了，害怕了。“饿、孤单、冷、害怕”这些都是小孩子曾经经历但又最不想经历的。根据自己的生活经验来判断小猪为什么拱门，每一个回答都充满了稚趣。

以上所说的几个方面的欣赏有时在同一篇文章中都可以用到。用这些方法去欣赏，读着这本散文集，你会感到一种潺潺小溪一路奔流的欢快。

李蓉梅

北京师范大学儿童文学博士，外语教学与研究出版社编辑。

# 目录

# 采花南河汊

采花去！

从头道沟，到二道洼，一走走到南河汊。

咦——呀呀呀呀呀！咦——呀呀呀呀呀！

见过了满天的星，见过了满河的沙，头一回呀，头一回见过这大片大片的花。

粉嘟嘟的是樱桃花，

白刷刷的是狗尾巴花，

黄灿灿的是婆婆丁花，

红彤彤的是百合花，

水灵灵的、鲜嫩嫩的、招人爱的、惹人乐的是叫不出名的这个花、那个花。

咦——呀呀呀呀呀！咦——呀呀呀呀呀！

听说过西湖的景，听说过泰山的崖，最美的地方呢，最美的地方叫南河汊。

叮在花蕊的是黄蜜蜂，

成群结队的是蓝蜻蜓，

飞上飞下的是红蝴蝶，

看花了眼的是黑老鹰，

白白的云啊清清的水，摇摆的树枝啊软软的风，都醉了，都被这花儿引醉了！

咦——呀呀呀呀呀！咦——呀呀呀呀呀！

从来没看过倒流的水，从来没骑过后退的马，这一遭呀，这一遭却落了个更改初衷快刀斩乱麻。

滴溜溜眼睛看看东边的花，

清爽爽鼻子闻闻西边的花，

颤巍巍小手摸摸南边的花，

湿乎乎舌头舔舔北边的花，

一个也没有采，一个也没有掐，手儿空空，心儿满满，一步一步哼着歌儿走回家。

# 捉 泥 鳅

捉泥鳅，
捉泥鳅，
捉来的泥鳅干啥用呢？

捉来的泥鳅哟，捉来的泥鳅放在家中的水盆里，不为吃它们的肉，只为看看它们在水盆里钻来钻去的样子。

捉泥鳅，
捉泥鳅，
捉来的泥鳅干啥用呢？

捉来的泥鳅哟，捉来的泥鳅拿到集市上，不是为了换钱花，是让城里的孩子看看这泥鳅多有趣。

捉泥鳅，
捉泥鳅，
捉来的泥鳅干啥用呢？

捉来的泥鳅哟，让它们住在小小的水坑里，看它们是平平静静地躺着，还是乱钻乱动。这样能看出第二天的天气是阴是晴，是雨还是风。

捉泥鳅，

捉泥鳅，

捉来的泥鳅干啥用呢？

捉来的泥鳅哟，看看它们的皮肤是黑还是黄。我们好好地想一想，黑泥里的泥鳅为什么是黑的，沙土地里的泥鳅为什么是黄的？

捉泥鳅，

捉泥鳅，

捉来的泥鳅干啥用呢？

捉来的泥鳅哟，玩上它半天再放回到水坑里。别看我弄得满身满脸是泥和水，爸爸、妈妈看了可不生气。

# 猫骨朵花

猫骨朵花，吹喇叭，一吹吹到南山老贾家。

老贾家人都在干什么呢？老贾家人呀，老贾家人都在菜园子里干活呢！儿子一趟一趟地挑水呀，媳妇一瓢一瓢地浇秧，公公和婆婆正帮着培土，老两口儿一抹身的工夫，噢，媳妇把烟锅子给点上了。

猫骨朵花，吹喇叭，一吹吹到北岭老马家。

老马家人都在干什么呢？老马家人呀，老马家人都在院子里坐着呢！婆婆坐在木头墩上纳鞋底儿，眼睛却看着大门外的柳树，公公拉二胡的调子和媳妇哼的小曲儿合在一块儿了。此刻呀，他们的心里都在盼着一个人儿快点回家呢。

猫骨朵花，吹喇叭，一吹吹到东坡老法家。

老法家人都在干什么呢？老法家人呀，老法家人的儿子手里拿着刀，媳妇在一边默默地流眼泪，公公和婆婆一会儿和儿子说说话，一会儿和媳妇说说话。这家人也不会打架呀？原来是家里要杀大肥猪了，媳妇有点儿舍不得。

猫骨朵花，吹喇叭，一吹吹到西地老哈家。

老哈家人都在干什么呢？老哈家人呀，老哈家人在屋里围着桌子坐着呢。他们可不是在打牌呀，也不可能在算计占占别家的小便宜，是儿子和媳妇修改公公和婆婆设计的房样子呢！看来这一家就要盖新房了。

# 小 白 菜

“小白菜呀，地里黄呀，
三岁四岁没了娘啊……”

是的，你是没有了娘啊！

没有了娘，你怎么长到了十几岁呢？

看你的小肚子吃得圆鼓鼓的；看你的小体格长得壮实实的；看你的精神头活泼泼的。

谁能看出你没有娘呢？

是你的爹爹把你捧在了手掌上吗？

也许他赶着毛驴的时候，能让你坐在那软软的驴屁股蛋儿上；也许他能把刚摘来的黑甜甜一粒一粒地送进你的嘴里；也许他能做到从地里回来的时候，给你带回个大蝈蝈笼子……

可是，他毕竟只是个“爹”呀！

原来呀，原来在你五岁的时候，你又有了娘哟！

别人说，那是后娘。可是，你只知道什么是亲娘。是因为那时候你还不记事吗?

她给你洗衣、做饭，她给你铺炕、焐被。

躺在被窝里，她给你讲“瞎话”；走在田埂上，她拉着你的手。

谁都知道那时候你是记事的。

“小白菜呀，水灵灵啊，

你是亲娘养来亲娘生啊……”

# 逛南壕

逛南壕，逛南壕，
逛一趟南壕给你瞧。

南壕长着樱桃树，樱桃树上结樱桃。大的真挺大，小的也不小；后结的都挺嫩，先结的也不老……圆溜溜的圆，红彤彤的红，它们个个都咧嘴儿笑。

没人来把樱桃摘，没人来把树来摇。看呀，每一棵树下都长出了一棵一棵樱桃苗。

逛南壕，逛南壕，
逛一趟南壕给你瞧。

别看南壕静悄悄，其实南壕挺热闹。小虫虫儿，小鸟鸟儿，开会的规模真不小。咦呦——两

只耗子在摔跤。大耗子拽着小耗子腿，小耗子抱着大耗子腰……

“喵、喵……”南头来了一只猫。抻抻腿儿，拱拱腰，晃晃荡荡过去了——可能是个大瞎猫。

逛南壕，逛南壕，
逛一趟南壕给你瞧。

南壕里头有怪音，一声更比一声高。那低声呀，低声也能震四海；那高声呀，高声肯定会冲云霄。原来是有个老头子不着调，他躲在南壕“呼呼呼呼”睡大觉。

一群孩子来到了，蹑手蹑脚往过绕。捂着嘴，把手招，过了南壕“哈哈哈哈”一阵笑。

# 摆 宴 席

肚子已经吃得饱饱了。有的吃了白馒头，有的喝了小米粥，有的品尝了肥猪肉，有的饱餐了大土豆……

事情已经做完了。有的刚刚喂完小羊，有的刚刚补完土墙，有的刚刚写完作业，有的刚刚刻完小木枪……

没事儿可做了。那么，就玩一会儿吧！

玩什么呢？

摆宴席。

割来一把青草，炒韭菜。

抓来一把稀泥，摊黄菜。

几根小木棍，清炖鱼。

几块小石头，红烧肉。

听说过燕窝、鱼翅煮熊掌，随便找点什么……摆上！

听说过猴头、鹿尾焖鱿鱼，随便找点什么……

摆上！

没生火，没冒烟，一桌宴席摆成了。

没座次，没客套，大家围在一起好热闹。

好香呢！

好神呢！

给站着发愣的小黑狗，尝一尝。噢，好吃？爱吃就吃个饱吧！

给趴着吧唧嘴的小花猫，尝一尝。噢，好吃？爱吃就敞开吃吧！

给今天没在的留一点儿。

给明天过路的留一点儿。

这一桌散了，那就再摆上几桌。

摆上一桌素宴：给西天取经的唐僧、沙僧、孙悟空，还有那个贪吃恋睡的猪八戒留着，何必让他们到处找野果子吃呢。

摆上一桌狗宴：给那个抡大铲的杀坏人的花和尚鲁智深留着，何必使“洒家”吃不够狗肉、喝不足烧酒呢。

摆上一桌豆腐宴：选最好的黄豆、青豆、绿

皮豆，做干豆腐、大豆腐、水豆腐，请东南西北前后左右的黄种人白种人黑种人都来尝尝。

摆上一桌野菜宴：不放油、不放肉，不放花椒和大料，让那些嘴喷饭的脸冒油的腆大肚的不干活的人想一想早先的穷日子。

# 在树林子里过夜

手拿打狼的棍子，手拿砍蛇的镰刀，手拿驱赶蚊子的马尾巴蝇甩子——我们出发了！

我们想试试胆量，我们要在树林子里过夜。

树梢的上边，只有一小片被戳乱了的天空，星星们眨巴着眼睛，是在给我们壮胆儿，还是故意逗我们玩哩？

小风儿轻吹着树叶，发出极细微极动听的声音，它是在和我们拉话哩？

有几种小虫子，以不同的音调、不同的旋律，“唧唧唧唧”地叫着，像一支十分动听的交响乐，我们感到很新鲜。

树叶的味道、香蒿的味道、青草的味道，都混合在一起，简直要把我们陶醉了。

偶尔也传来几阵怪声。

是狼嚎呢，还是家狗在为我们打更？是蛇行呢，还是花鼠子来给我们做伴？是蝙蝠扇动翅膀的声音呢，还是夜鸟告诉我们在树林子里过夜的经验？

我们谁也不作猜测，谁也不去分辨，只是互相讲述着小人书里的英雄故事。

即使有点害怕，谁也不声张。

其实夜很长，只是以前躺在暖炕上熟睡，谁也没法感觉。

我们燃着了一堆篝火。

在火堆旁唱歌，在火堆旁乱跳，在火堆旁捡被烧死的蚂蚱吃。

有了火光就不再是黑夜。

我们谁也无法知道，是什么时候是怎么样睡着的。

是黎明前的寒气，把我们冻醒。我们发现我们都像小树一样，像草儿一样，像野花一样，浑身都沾满了露水。

于是，我们就围在一起，看东边天一点一点地泛红，等待一个早晨隆重地到来。

走回村子的时候，我们好像长大了不少，我们懂得了以前不曾知道的事情，增加了从来没有的新鲜感受。

可是，大人们都故意板着脸，说我们是傻大胆儿。

# 偷猫偷狗也是贼

那一天我刚刚睡完午觉，我想到我要有一只猫。

于是，我就有了一只猫。

这只猫是我从张老猫家偷来的。

傍晚，张老猫满街“猫啊、猫啊、猫啊……”地叫着，叫的是哭腔哭调。

我躲在家里偷偷地笑着，怀里就抱着他的猫。

那一天我在路上走，我想到我要有一只狗。

于是，我就有了一只狗。

这只狗是我从李二狗家偷来的。

傍晚，李二狗满街“狗啊、狗啊、狗啊……”地叫着，叫的也是哭腔哭调。

我躲在家里偷偷地笑着，怀里就抱着他的狗。

在我们村子里，传下个古老的说法，叫做“偷猫偷狗不算贼”。

可是，张老猫和李二狗天天地叫着，叫来叫去，终于把我的笑声叫没了。

他叫回了他的猫，他叫回了他的狗。

我发现我偷的不是猫，我发现我偷的不是狗；我偷的是人家的心，我偷的是人家的肝。

偷猫偷狗也是贼。

# 关于衣、食、玩的对话

你最想穿的衣服是什么呢?

——我最想穿的衣服呀,

我最想穿的衣服,是只要我刚刚穿在身上,就觉得特别好看。然而,我不能等待,而是马上要拿给西院小弟弟试试的那一种服装。

你最想吃的东西是什么呢?

——我最想吃的东西呀,

我最想吃的东西,是只要我刚刚咬上一口,就觉得特别好吃。然而,我舍不得吃,而是马上要送给东院小妹妹尝尝的那一种食品。

你最想要的玩具是什么呢?

——我最想要的玩具呀,

我最想要的玩具,是只要我刚刚看到这种玩具,就觉得特别开心。然而,我要喊上左邻右舍的小伙伴一起玩的那一种玩具。

# 红裙子，绿裙子

东村走来个小丫丫，穿着一条红裙子；西村走来个小丫丫，穿了一条绿裙子。

红裙子和绿裙子，肯定不是为了同一件事情，不是为了同一件事情，却相遇在同一个路口。

太阳光照着她们。

红裙子，绿裙子，她们可真好看。

一问，才知道，她俩并没有约会呀，没有约会，却比约会好了还要凑巧。

红裙子，绿裙子，相遇在同一个路口了。

东村的红裙子，要到野草甸子上，去找她家的小鸭

崽；西村的绿裙子，也要到野草甸子上，去找她家的小鹅崽。

红裙子和绿裙子，分头找，她找她家的小鸭崽，她找她家的小鹅崽。

找啊……找啊……

东村的红裙子，没有找到小鸭崽，却找到了一群不知谁家的小鹅崽。

找啊……找啊……

西村的绿裙子，没有找到小鹅崽，却找到了一群不知谁家的小鸭崽。

东村的红裙子想："小鹅崽的主人会着急的，还是快点赶回去吧。"

西村的绿裙子想："小鸭崽的主人会着急的，还是快点赶回去吧。"

于是，红裙子和绿裙子就往回赶；于是，红裙子和绿裙子就又会合在路口上了；于是，红裙子和绿裙子看见了小鸭崽和小鹅崽。

就……都笑了。

东村的红裙子，找回了自家的一群小鸭崽，是西村的绿裙子给赶回来的。

现在，她往村东去了，她穿了一条红裙子。

西村的绿裙子，找回了自家的一群小鹅崽，是东村的红裙子给赶回来的。

现在，她往村西去了，她穿了一条绿裙子。

豁牙子老奶奶总爱自言自语：“看，我们村的小丫丫……多好！”

红裙子，也好看。

绿裙子，也好看。

# 老奶奶说鸟

老奶奶说："燕子不进愁房，哪个家庭经常吵架，燕子就不去那个家庭垒窝呢！"

于是，我们就整天乐乐呵呵的，全家人谁和谁从来也不生气。

燕子在我们村里可多啦。

老奶奶说："老鸹肉不能吃，吃了老鸹肉走路就要摔跤呢！"

于是，我们谁也不用弹弓子打老鸹，再馋也不想吃什么老鸹肉。

树上的老鸹窝就多了起来。

老奶奶说："不能捕家雀崽儿，捕家雀崽儿脸上就要长雀斑呢！"

于是，我们谁也不捕家雀崽儿，没事儿的时候，还给它们捉虫子吃。

院子里的家雀总是一群一群的。

老奶奶说：“有一种最好捉的鸟儿叫‘瞎牛’，谁捉了‘瞎牛’，谁就要瞎眼睛呢！”

于是，我们不论在什么时候都规规矩矩的，再淘气的孩子，也没有人捉过“瞎牛”。

“瞎牛”从来也不躲着我们。

我想，老奶奶说话真顶用。看呀，我们村子就要成为鸟儿的世界了。

# 这片黑土地呀

大人们说："我们这片黑土地呀，埋下一根牛骨头，就能生出一头犍牛来。"

于是，那天二屠户杀牛，我们捡来一根剔去肉的又粗又长的牛骨头。

我们悄悄地把牛骨头埋在二道壕的地边上了。

春天里看几回，夏天里看几回，我们常常到二道壕去，我们没敢声张，只能说去玩。

始终没有看到长出的犍牛。

我们看到在埋下牛骨头的地方，庄稼长得分外茁壮，到了秋天，准有好收成哩。

大人们说："我们这片黑土地呀，埋藏着好多好多动听的故事哩。"

于是，那天打过赌，我们用铁锹往地里深深地挖，挖了一处又一处。

草甸子上挖过，河套里挖过，坡地上也挖过。

我们没有挖出什么故事。

这时候，我们自己也好笑，故事是什么样子？

我们只是挖出了一些带花纹的瓷盘、生着绿锈的铜钱，还有残破的大刀片……看起来也怪有意思的。

大人们说：“我们这片黑土地呀，是奇怪的大磁铁，专吸人们的心呢。”

于是，那天我们脱去了上衣，光着膀子把心贴在黑土地上。

太阳在东边的时候试过，太阳在西边的时候试过，太阳在地下的时候也试过。

大地没能把我们的心吸住。

有一天，我们看到有几位从外地归来的老人，他们把身子紧贴在黑土地上，大滴大滴的泪珠落下，许久许久也不起来。

他们是被磁铁吸住了吧？

# 四季情思

春雨一洒就绿了树梢，

吹着柳哨的小弟弟从树下蹦蹦跳跳地走过；

这时候，

我想念起一个从我们村前路过的大哥哥。那个傍晚，他见我忘情地吹着柳哨，便取出一支竹笛吹起来。

笛孔里流出的声音多么好听啊！

柳哨吹不出那种声音。

临别的时候，大哥哥把竹笛送给了我。从此，我们没能再见面。

大哥哥，如今我早已学会了吹竹笛。

夏天中午的太阳，好红、好红，

寂静的村子里只有虫儿稀稀落落的叫声；

这时候，

我想念起一位穿花裙子的女老师。每一节课间，她都和大家一起跳绳，裙子把风儿搅动，天就不再闷热。

女老师的花裙子比蝴蝶的羽翅还要鲜艳，

村子里的眼睛都亮起来。

后来，女老师被一个骑着摩托车的小伙子载走了。她把那件花裙子送给了另一位女老师。

那式样的裙子在村子里流行了好几年。

秋风乍起，天就凉爽，

在村前小路上行走的人逐渐增多；

这时候，

我想念起一个留小胡子的货郎。只要谁买他的商品，他总要搭配点礼物，那礼物往往比商品还要惹人在意。

那一次妈妈买了一只铝锅，

他送了一张挺大挺大的地图。

从此，我才知道东海不一定就在我们村子的东方，大西洋也不一定就在所有人家的西边。

打那以后，我总想到外边走走。

冬天里下大雪处处变白，

有的动物到地下冬眠，有的动物钻进了柴堆；

这时候，

我想念起一位慈祥的老人。有一个冷天，他见我站在雪地上发呆，就送给我一句比炭火还暖和的话语。

其实那话语再简单不过，

只是从别人嘴里说出对我就有了意义。

现在，老人已经死了，并且已经死了好久，我呢，我却活得越来越快乐。

我知道了该怎样好好地对待别人。

# 摆家家

摆家家，摆家家，

左邻右舍，几个人，凑在一起摆家家。

锅碗瓢盆，一应俱全；针头线脑，百物齐备。虽然还是孩子，却都不愿意当孩子，孩子，就由小花猫来当。一条枕巾当裙子，二根绒绳扎辫辫，三只青杏成馒头，四根筷子搭小桥，急五快六紧七步，扭扭搭搭给大人送饭去。

摆家家，摆家家，

左邻右舍，几个人，凑在一起摆家家。

屋子清扫得干净净，东西摆放得稳当当。虽然都有点想爸爸、想妈妈，却都不愿意说出来。玉米茸子当胡须，妈妈的围裙成戏装，一出南腔北调戏，不敲锣鼓开演了，戏名就叫做：《OK！小孩小孩，亚克西》。

摆家家，摆家家，

左邻右舍，几个人，凑在一起摆家家。

大门口有树，院子里有鸡，笤帚疙瘩在屋里。虽然是在摆家家，谁也不愿意守在家里。软软的柳条当鞭子，长长的秫秸当驴骑，高高兴兴下田去，晃晃当当回家来，喊上一声：“好孩孩儿，我回来了！”

摆家家，摆家家，

左邻右舍，几个人，凑在一起摆家家。

日头影，在东窗，照来照去转南窗，谁知道呢，什么时候又到西窗。虽然摆的是假家，却都不愿意把家拆掉。在屋子里望几回，在院子里望几回，在门口的大道上望几回，爸爸、妈妈回来的时候，这个“家”才散了。

# 挖野菜

挖野菜，挖什么菜？挖上一筐婆婆丁。

婆婆丁，水灵灵，又嫩，又绿，可以煮熟蘸酱吃，可以熬汤喝，可以放在玉米面里做成一个一个馅儿饽饽。

婆婆丁，好吃吗？

好吃呀，好吃呀，别的菜还没有发芽的时候，它就长叶啦。

挖野菜，挖什么菜？挖上一筐车轱辘菜。

车轱辘菜，长道边儿，又肥，又壮，随手就可挖一筐。拿回家去炖猪肉，人吃；拿回家去掺米糠，猪吃。

车轱辘菜，好吃吗？

不好吃，不好吃，挖别的菜，要深脚浅脚到田里，挖上一筐车轱辘菜，不会踩了庄稼苗。

挖野菜，挖什么菜？挖上一筐水凌棵。

水凌棵，黑臻臻，又多，又大，挎不动，就用肩背，背不动，就用车拉，拉到家里喂鹅又喂鸭。

水凌棵，好吃吗?

不知道，不知道，鸭子、鹅吃了长肥膘，鸭子、鹅下蛋我吃啦。真香!

挖野菜，挖什么菜？挖上一筐大灰菜。

大灰菜，连成片，又好挖，又好看，这时候吃，要肿脸，挎家去，放当院儿，上午翻一遍，中午翻两遍，到了晚上变干菜，赶紧装麻袋。

大灰菜，好吃吗?

好吃噢，好吃噢，放到冬天缺菜的季节呀，它是最好吃的菜。

# 小猪拱门

小猪拱门，吱、吱、吱，小猪在拱门。

小猪拱门，是因为它饿了吧？

小猪是听话的，不饿，它是不会拱门的。

饿了，就出圈吃食呗。谁饿了不吃，就连小孩子饿了还想吃哩，好啦，歹啦，倒也没啥，囫囵个饱，心里就安稳了，有个滚滚圆的肚子，再美美地睡上一大觉，多好呀！

小猪拱门，吱、吱、吱，小猪在拱门。

小猪拱门，是因为它孤了吧？

小猪是听话的，不孤，它是不会拱门的。

孤了，那还不好办？小孩子们呀、鸡呀、鸭呀、小狗呀，农家院里所有的大动物、小动物，都在一起玩呀！互相追逐呀，互相蹭痒痒呀，好开心呢！

小猪拱门，吱、吱、吱，小猪在拱门。

小猪拱门，是因为它冷了吧？

小猪是听话的，不冷，它是不会拱门的。

冷了，就进屋暖暖嘛！灶膛里的火正红着呢，挤一挤，咱们一起烤火吧，什么这个那个的，有毛儿的没毛儿的还不都是喘气的，赶明儿个，把圈顶再苫一苫，就不会冷了。

小猪拱门，吱、吱、吱，小猪在拱门。

小猪拱门，是因为它怕了吧？

小猪是听话的，不怕，它是不会拱门的。

怕了，是想来找壮胆的吗？你没看见狗哥哥正在院门前站岗，大白鹅正站在矮墙边巡逻？大灰狼是不会来的，妖怪是没有的。小猪，你就放心长那身肥膘吧！

# 灯 笼 队

元宵节的晚上，是灯的晚上，是我们孩子的晚上。

荷花灯、柳叶灯、高粱灯、玉米灯、牛灯、马灯、猪八戒灯……

每扇门都开了，每扇门里都游出来一团彩色的火。

手里的灯笼晃动着，我们大家嘴里高声喊着：“灯笼队！灯笼队！”

今年的元宵节和往年是不一样的。

拍电视的叔叔到村里来了，他们要把这动人的场面拍进电视片。

于是，我们都穿着最漂亮的衣服，灯笼也格外漂亮。每个人都笑眯眯的，谁不想在电视上露露笑脸啊！

要知道，在我们村子，还是头一回拍电视呢。

真热闹。

东边、西边、南边、北边，所有的灯都向中间聚拢，终于聚拢起来，一会儿是灯的长龙，一会儿是灯的海洋。

翻滚着，闪动着。

过了几天，电视片终于播映了。

庞大的场面、迷人的灯光，给人以怎样的精神震撼啊！

每个孩子也都想寻找到自己的脸庞，看见自己的灯笼。可是，谁也没有看到自己，看到的只是灯笼，只是成片的闪着光的灯笼。

当然，我们谁也没有失望，每个人都照样很兴奋。

# 憨小子，鬼小子

憨小子，胖乎乎的，敦实实的，憨相憨态，小肥猪儿一样朴实。

鬼小子，瘦丁丁的，细溜溜的，鬼精鬼怪，小瘦猴儿一样灵活。

憨小子，鬼小子，他俩可都是刚刚上学的小小子。

憨小子憨，一天说不上三句话，叫上真劲儿，两头老牛拉不回。

鬼小子鬼，一会儿一个鬼道道，动上心眼儿，自个儿能把自个儿骗上天。

有一回，学校要收班级活动费。

憨小子上来了憨劲儿，当着所有同学的面儿，把妈妈给的五元钱，随随便便地放在了书包里，就出去踢毽子了。那天，鬼小子也上来了鬼劲儿，他要偷憨小子的五元钱，刚拿到手里，就被憨小子看见了。

憨小子问："你动我的书包干什么？"

鬼小子答："你的书包挺好看。"

憨小子问："你为什么攥着拳头？"

鬼小子答："我要和你比谁的拳头攥得紧。"

憨小子说："行，攥就攥。"

于是，憨小子、鬼小子，就抬起了胳膊，把拳头攥得"咯咯"响。

脸都憋红了。

憨小子接着说："比完了攥拳头，咱俩还要比谁的巴掌张得开。"

鬼小子嗫嚅着："那，比就比。"

于是，憨小子的巴掌张得开开的，鬼小子的巴掌张得也是开开的，但是，那五元钱，从鬼小子的手上滑下来，落在地上发出一个不大不小的响儿。

憨小子，两眼直直地盯着鬼小子。

鬼小子，低着头，不敢看一眼憨小子。

憨小子问："你为什么要拿我的钱？"

鬼小子答："我的家里……缺钱，我，我妈妈明天才能给我钱。"

鬼小子，一脸尴尬相。憨小子，两眉思考状。

当天，憨小子向老师交上了那五元钱，花名

册上写的是鬼小子的名。

第二天，鬼小子也向老师交了五元钱，花名册上写的是憨小子的名。

原来，憨小子憨是憨，憨里也有几分鬼。从此，鬼小子鬼是鬼，鬼中也添了几分憨。

憨小子，鬼小子，成了一对好小子。

# 真是让我难为情

那天，就我一个人，站在小河边。

——片飞镖。

一片，二片，三四片……真惊人！小小的石片片，每次都片出了好几个，最多的一次是七个。

极得意。

喊来张三王二臭伙伴。

一片，二片，三四片……怎么啦？小小的石片片，故意和我过不去，忽然不听我的

话，每次也就片出了一两个，最多的一次才三个。

真是让我难为情。

那天，我和小丫丫，站在小山坡上。

——打红枣。

本来，可以用木杆子打，用木杆子打，又快，又省力。小丫丫要和我比赛，我也就和她比。

我呢，偏偏又起了高调调，我要爬到树上去，用手摘。

我在树上，摘红枣，小丫丫在树下，捡红枣。我把红枣乱扔一地，小丫丫在树下打转转。

小丫丫在树下喊："你下来！你下来！"

我偏偏不下来，我要气气她。

"嗤——"我的裤裆被剐破，肯定露出了腚沟沟。

真是让我难为情。

那天，我和小伙伴，站在土道上。

——看热闹。

一个老爷子，真是没正调，骑着小毛驴儿，"嘚嘚、嘚嘚、嘚嘚……"还不住手地抡鞭子。

不知是谁干的事，用秫秸捅了几下驴屁股。

小毛驴儿不停地尥蹶子，三尥两尥，把老爷子给撂在了地上：“哟，哟，唉哟哟……”

老爷子痛得直叫唤，我们不能不去扶扶他。

老爷子一把拽住我，挤咕着一双小眼珠：“你，你小子……”

原来这个老爷子，是我瘸腿三姥爷。

真是让我难为情。

# 小 公 马

小公马刚刚被生下，就颤颤巍巍地站立起来了。它还不能睁开眼睛，就迷迷糊糊地去咂妈妈的奶。

它妈妈舔着小公马身上的湿毛，它贴在妈妈的肚子下面，竟然安详地睡着了。

小公马毕竟是好玩耍的动物，生下来没几天，就扬鬃摇尾，经常在院子里撒欢儿。

它有时也疾跑起来，试图跑到院子外面去，又似乎意识到了什么，只见它迅速地回头、收蹄、弓背……往往，因为太急，小蹄子会把院子划出一道道小沟沟来。

它也有跑到外面去的时候，跑得远了，妈妈就“咴咴”地呼唤它。它也以同样的声音嗲声嗲气地回应。

它摇头摆尾地回到妈妈身边，讨好似的，用小脑门儿缠缠绵绵地蹭起了妈妈的大脖子。

它妈妈又去拉车、犁地了。

小公马成了妈妈在大地上的影子。它的脖子上虽然没有夹板儿，却也傍在妈妈的身旁，学着妈妈的样子，往前一拱一拱的，同样地用力。

风里，雨里，土里，泥里，小公马长得很健壮，很快它就要像妈妈一样，变成大马了。

# 蚂蚁的队伍

那是一个中午，天气很热。

村外的乡土路上，发生了一件很大的事情：

从老树林子里，一直通向八面坡的一二公里的途中，有一条飘带黑压压的，向前悄悄地、非常坚定地移动着。

这条飘带是蚂蚁组成的队伍。

这些蚂蚁是要搬家吗？它们一定要离开这个老树林子吗？它们要移到八面坡是有别的安排吗？

孩子们无法猜测，他们只相信蚂蚁自有蚂蚁的道理。

这些蚂蚁可真有趣。

它们的队伍很整齐，谁也不到队伍的外面去。难道它们之中有喊口令的吗？

它们有的还驮着白色的圆蛋蛋，一点一点地向前蠕动，蚂蚁蛋里是它们共同的孩子吗？

它们还联合起来，居然抬着一个小木棍儿或

者一根干爽的稻草，这可有怎样的奥秘呀？

更为叫人难解的是，有一群蚂蚁密密麻麻地滚着一个大泥球，它们爬上爬下，齐心合力地转动着这个泥球。泥球和它们有什么关系呢？

孩子们在村外被蚂蚁隔住，回不了家了。

他们怕踩坏了蚂蚁，他们不忍心从蚂蚁的身上过去，他们就产生了许多想象。

他们想生出两条长长的大腿，一步就跨过蚂蚁的队伍；他们想长出一双健壮的翅膀，一飞就飞过蚂蚁的队伍；他们想让自己成为百变金刚，一下子回到村子里，把这个奇怪的现象告诉给大人们。

可是，他们离不开这里，他们就只有在蚂蚁的队伍旁边等待。

小花狗、小花猫，还有几只小猪崽，也不知道什么时候来的，也没有在蚂蚁的身上踩过去，它们陪伴着这些孩子们。

蚂蚁的队伍就这样行进着，大概一共持续了两个多小时的时间。

# 洗，洗，洗衣裳

天，好晴朗；空气，好香。

像彩云一样，像风摆柳一样，从斜阳下的林间小道飘过来四个小姑娘。

她们穿得普普通通、漂漂亮亮，像小草儿一样，像小花儿一样，她们真是很普通，她们真是很漂亮。

这时候的她们很美，她们齐刷刷地每个人的胯骨上都抵着个红色塑料盆，每个塑料盆里都装满了五颜六色的衣裳。没等人到，她们的笑声先把河水逗乐了，河水漾着笑涡，流啊，流啊，蹦蹦跳跳地迎接她们。

她们是来洗衣裳的，她们是普普通通、漂漂亮亮的四个小姑娘。

她们来到了小河边，小河边便有了生气。

坐在石头墩上的她们，把小脚丫浸在河水里，搓衣板上便传出了“嚓、嚓、嚓”的声音。肥皂泡很快填满了大大小小的旋涡，在她们的面前堆成了白色的云团。

小鱼儿来挠她们的脚后跟，小青蛙跳上了她们的脚面，来撩拨她们，要和她们一起玩。

这些，她们好像都不知道，她们洗得可真认真。

要把灰尘洗掉，要把油渍洗掉，要把所有的脏东西洗掉。她们可真卖力气，她们的胳膊上还有肌肉呢。

不知是汗水还是溅起的河水，湿漉漉的头发粘在了脸上，她们擦也不擦。

衣裳洗完了。她们直起腰来，脸上现出的那一朵朵微笑可真好看。

她们穿上了小鞋子，端起了塑料盆。

她们在树与树之间，扯起了横七竖八的绳子。她们把洗净的衣裳挂上去了，把干活儿的欢乐挂上去了，把农家女孩一颗爱美的心挂上去了。

树与树之间悬起了五颜六色的旗帜。

她们手拉着手，跳起了欢快的民间舞蹈，唱起了纯情的乡间歌谣。

太阳扩大了她们的影子，她们的舞姿更优美了；风儿传递着她们的声音，她们的歌谣更动听了。

蜂儿来了，蝶儿来了，鸟儿来了，花脖子老鹰也来了……大家在一起唱歌呀，跳舞呀，真高兴啊！

一抹斜阳，给她们镀上了一身金辉。

她们沿林间小路归去。她们齐刷刷地，每个人的胯骨上都抵着个红色塑料盆，每个塑料盆里都装满了五颜六色的衣裳。衣裳更艳丽了，歌声更清亮了……

# 雪 花 飘

雪花飘，雪花儿飘到哪里去呢？

雪花儿飘到了田野上。

飘到田野上的雪花，都很自动地联合在一起了。它们像棉絮一样，像羽毛一样，像芦花一样，给田野盖了一层厚厚的、软软的、一眼望不到边的暖被。

盖了暖被的田野，就不会冷了。

田野要做一个又一个温暖的梦哩。能够梦见春播时的忙碌吗？能够梦见夏锄时的精细吗？能够梦见秋收时的喜悦吗？

看啊！雪花更大了、更多了，联合起来的雪花，给人的感觉真温暖。

雪花飘，雪花儿飘到哪里去呢？

雪花儿飘到了池塘上。

飘到池塘上的雪花，等于给冰冻的池塘撒了一层润滑剂。我们在池塘上练速滑，我们在池塘上滑花样，我们在池塘上坐着冰车子抛打雪团儿……

其实，有很多玩法都是跟电视上学来的。

尽情地选择有新鲜感的游戏吧，充分地发挥每个人的潜在能力吧，全面地采用“国际标准”的裁判规则吧。

看啊！池塘上的人们，戴着滑雪帽、穿着紧身运动服，玩得多好啊。

雪花飘，雪花儿飘到哪里去呢？

雪花儿飘到了屋顶上。

飘到屋顶上的雪花，积得越来越厚了。让我们想到不断有人攀登的高原雪山了，想到探险南极的冰雪世界了，想到滑雪健儿从雪山上滑下来的样子了。

当然，这和我们积累了很多知识有关。

我们有了奇妙的联想：那些高原雪山上的动人歌声啊，那些南极世界的壮丽图画啊，那些滑雪健儿的优美身姿啊……

看啊！起起伏伏的屋顶，又添了一层洁白，炊烟升起来了，屋顶就越加生动有趣。

雪花飘，雪花儿飘到哪里去呢？

雪花儿飘到了窗户上。

飘到窗户上的雪花，是来看屋里的人们做饭做菜勤劳的样子呢，是来看屋里的人们唠嗑喜悦的样子呢，是来看屋里的人们看窗外雪花关切的样子呢。

因为屋里太热烈，雪花就感动得流泪了。

孩子们很敏感。于是就擦净了窗户让雪花远远地看，于是就好好玩儿让雪花不失望，于是就贴在窗户上画雪花——让雪花常在。

看啊！画在窗户上的雪花片片都漂亮，孩子们和雪花有了很好的交流。

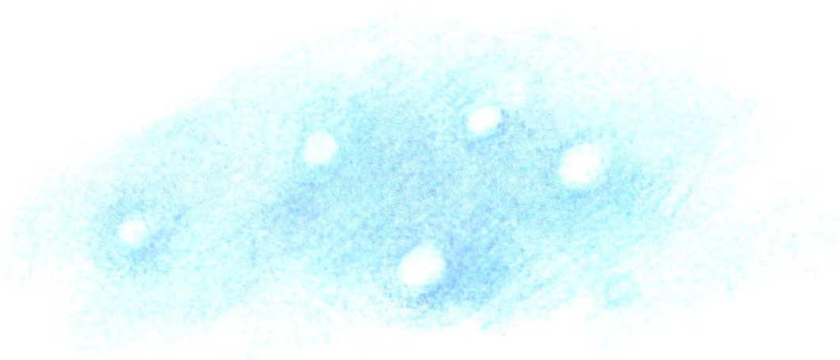

# 有趣的事，有趣的我

## 一

"三月的风，刮个不停；

四月的雨，下得很有人情；

五月的花朵呀，在院子里怎么开得这么鲜红、鲜红……"

以上的句子，是我从哪儿看到的呢？还是我在梦里想到的呢？

我觉得这样的句子，挺有意思，就记在小本子上了。在以后的日子里，还总是控制不住地拿出来朗诵、朗诵。

## 二

红嘴鸭，绿嘴鸭，

去撵一只小蛤蟆，

小蛤蟆："呱、呱、呱，呱、呱、呱"，三

跳两跳，就跳到河里去了。

我用录音机把这些声音录下来。

红嘴鸭，绿嘴鸭，果然上了我的当，它们以为小蛤蟆钻到录音机里去了。

它们在录音机旁转来转去，嘿……小傻瓜，根本不懂“现代化”。

## 三

蓖麻，蓖麻，五把、八把，

被我种到地头上了。

头几天我去看了，地头还是平平的，没有什么变化。

后来，我看见地皮儿拱起了一个一个的小土包，是不是就要露出幼芽？

我知道，一个激动人心的现象就要出现了，就趴在地上细心地观察。

小苗出土的那一刻，是不是会很有趣呀……

# 同样的歌，同样的情

一

在我的家乡，有一种树叫白杨。

这些白杨，每一棵树干间都生着非常美丽的眼睛，这些眼睛啊，长着双眼皮儿，在很近或者很远的地方——

准有同样的一棵树，

同样的一双眼睛与这棵树相对应。

它们虽然不能相依相偎，彼此却能共同感受到心灵的震颤。

二

在我的家乡，有一个特殊的风俗。

风俗告诉人们，不管在多远的地方留宿，都要把鞋子摆放得整整齐齐，鞋尖一定要指向家里睡觉的房屋——

准有同样摆法的鞋子，

鞋尖会始终指向这一双鞋尖。

家人的鞋子虽然不能和出门在外的鞋子并排摆放，相信在梦中会走到一起。

## 三

在我的家乡，有一味绝妙的良药。

良药是一首首歌，在你心情好与不好的时候，只要你随心所欲地轻轻哼唱，在或生或熟的每一处角落——

准有人正以同样的旋律，

唱着一首完全同样的歌。

虽然唱歌的人不一定谋面相识，优美的重唱最能医治孤独的伤痛。

# 大人秘密，小孩秘密

## 一

有一些动听的歌曲，大人说是不许小孩子唱的爱情歌曲。

爱情不是美兮兮吗?

爱情不是甜蜜蜜吗?

既然是些不属于我们的东西，我们就像没有长大的小蜜蜂，远离不该接触的花朵而去。

我们就唱起我们的儿歌。

大人们可不约束自己，也随着我们哼哼起来，是那么动情，是那么投入……

## 二

有一些电影，大人说少儿不宜，等你们长大以后再看吧。

大人的话我们听是听了，他们的样子越是怪

异，我们就越是感到好奇。

那一天，我偶然瞟了一眼：“咦，多羞啊！”长大以后也不想看这些东西，这，又有什么意思呢？

还是看我们的动画片吧。那里有五千年前的故事，那里有一万年后的奥秘，那里有动物的善良，那里有山川的美丽……

## 三

有一些闲书，大人说看是可以，看了，可不要入迷。

这样的话，我不太理解。好的闲书，肯定有趣；有趣的闲书，看了必然入迷，唯有入迷，才有意义。

大人夸奖了我，说这话还很有道理。

于是，就让我把课本找出来：“读吧！”

我真的读进去了，忘了月上树梢，忘了三星偏西，肯定也入了迷。大人却温和地提醒：“休息吧，休息。”

# 都说林子里有怪兽

都说林子里有怪兽。

没有人敢上林子里去，林子越来越大，从远处看就知道林子里的树长得很茂盛。

那时候，我当然要比现在小，那时候的我——好闹夜。

妈妈就把我蒙在被子里拍打：

“好孩儿好孩儿不要哭，
林子里的怪兽出来了；
林子里的怪兽长着三只眼睛八只脚，
林子里的怪兽浑身上下都长牙……”

真可怕，我只好在被窝里眯着，我不敢哭。

当然，就是到了白天，我也不敢到林子里去。

终于，我也长大了，我能用一只脚蹬动门前的石磙子啦，我多多少少知道一点儿村子外边的事情啦。

我（当然还有别的孩子）奓着胆子，到树林子里去了。

林子里的树长得真好，一点儿也没被人砍伐过，一点儿也没被折断过枝条，林子里的树比画上画的还要美丽。

哪有什么怪兽呀，我们采回了不少蘑菇以及别处很难采到的野菜。

要说是怪兽，我们倒是逮着了一个，那是一只谁也没有见过的活蹦乱跳的小松鼠。

虽然舍不得，我们还是把小松鼠放回到林子里去了。

林子里没有什么吓人的怪兽。

全家人晚上躺在炕上的时候，我也拍打起妈妈的被子，学起了妈妈的腔调：

“妈妈妈妈你不要唬，
林子里的怪兽出来了；
林子里的怪兽能喷出一桶两桶万能胶，

专封吓唬小孩的大人的嘴……”

都说林子里有怪兽。

没有人敢上林子里去，林子就越来越大，从远处看就知道林子里的树长得很茂盛。

# 炕里头坐

炕里头坐，坐炕里头，炕里头热乎乎的，热乎乎的把肚子里的寒气都烙出来，烙出来浑身就舒舒服服的，舒舒服服地活着才有个滋味呀……

炕里头坐，坐炕里头，炕里头唠嗑方便，唠嗑方便小心别让丫头们听去，丫头们听去就会笑话俺们，笑话俺们，俺们的脸儿可往哪搁呀……

炕里头坐，坐炕里头，炕里头显得俺们近乎，俺们近乎大人就高兴了，高兴了才更信任俺们，信任俺们，俺们就可以到外面大野地里去疯呀……

炕里头坐，坐炕里头，炕里头宽绰扑腾得开，扑腾得开俺们就把什么苦呀累呀全都给忘了，全都给忘了俺们的脑瓜子里才能装上新套套，装上新套套俺们才能变成新鲜人呀……

# 衣食住行四重奏

此刻，

我多么想有一件雨衣。

可是，正巧我没带雨衣，或者说我根本就没有雨衣。

像天河决堤了，大雨泼下来，四野白茫茫。

当然没有避雨的地方，即便有，也距离我很遥远。

我能哭吗？哭也没有用。

我能逃吗？逃也没处逃。

于是，我就扬着头，任大雨把全身浇个响透。

我是不是暴风雨中的海燕，追赶着闪电和滚滚的雷声？我是不是不屈的青松，巍然屹立的身姿不动不摇？

咬一咬牙，一切该过去的也就过去了。

我和雨后的太阳一起微笑。

此刻，

我多么想饱餐一顿肉。

可是，今天的饭桌上没有肉，或者说不可能天天都吃肉。

像是油水熬没了，我的胃里咕咕叫。

家里确确实实没有肉，我呀，我确确实实想吃肉。

能闹着要吃吗？那有多么没出息。

能央着去买吗？会惹妈妈生气的。

于是，也就把桌上的饭菜吃光了，拍拍肚子饱饱的。

我是不是岩边的小树，有一点土壤就能生长？我是不是一滴小小的水珠，接受一缕光亮就回报一轮太阳？

咬一咬牙，一切该过去的也就过去了。

我比院子里的那棵小树长得还要健壮。

此刻，

我多么想住上一座新房。

可是，现在我家没有新房，或者说暂时我还住不上新房。

像是害了一种疾病，看见别家的新房，我的眼睛就直。

有了新房，也就有了新的生活（多么美好啊）！

妒忌了吗？好像有点。

着急了吗？好像有点。

于是，和爸爸妈妈一起，为了一个目标，多多地养猪、养羊，我家的钱匣子很快就要装满了。

我是不是树上的小鸟，看见燕子的新巢也为之歌唱？我是不是憨厚的蜻蜓，衔一枚草叶也能睡觉？

咬一咬牙，一切该过去的也就过去了。

我时时刻刻都怀着一个美丽的梦想。

此刻，

我多么想有一条坦途。

可是，我却不幸遇上一片沼泽，或者说必然会遇上沼泽。

像投进了茫茫的苦海，看不到什么尽头。

看见别人齐刷刷地向前行走，当然心含苦涩。

换一条路？当然不行。

不再前进？当然不行。

于是，赤脚走进了沼泽，从污泥里拔呀，拔呀……

我是不是躬耕不辍的黄牛，只图默默地拉犁？我是不是合格的大地骄子，在不是路的路上走出了路？

咬一咬牙，一切该过去的也就过去了。

我成了引路的一块碑石。

# 不好意思说的故事

遍地的高粱像海洋，没边没沿起波浪。

可能是高粱的品种好了，可能是农药起了作用，高粱地里的乌米越来越少了。

我们去打乌米，乌米很好吃哩。

我们大家在一起打乌米，偶尔发现一个，就被腿快的抢了去。

我脱离了大家，我一个人到高粱地的深处去，想打很多的乌米。有人喊我，我不吱声。

是风儿吹着高粱棵的叶子吗？开始我觉得很好听，可越听越害怕起来。

我喊大家，没有人回答。

“顺着垄沟走，就能走出去。”我想起了大人以前说过的话。

我顺着垄沟一直朝前走，好久，好久，我看到了前边有一片光亮。是我走出了高粱地？

原来是棵枯老的古树，孤零零地立在那里，几只乌鸦的怪叫，增添着这里的恐怖气氛。

我吓坏了，我回转头，掉了一只鞋子，也没敢回头捡起。我不知道怎么跑出了那片高粱地。

回到家里，我的心里还在打鼓。

后来，是小牛、小虎、狗剩子他们为我找回了那只鞋。

树干儿粗，树丫儿密，树叶子是谁也数不清的绿色的旗。

大人们修整树木，砍掉了不少树丫子，谁把树丫子背到家就是谁的啦。

我们去背砍掉的树丫子，回家当柴烧。

树丫子不多，我们都想多背回去一些。我跑在最前头，我先占了两堆。小牛摔了一跤，他没占着，他想跟我要一些，我没给他。

我占的树丫子太多，我背不起来，是小牛撅着嘴，帮我抬起来的。我背的多，我走得慢；别人背的少，别人走得快。

我被压趴下了，我喊别人帮忙，别人没听着。我一个人，怎么拱也拱不起来，过了很长时间，绳子也被磨断了。

我早已没劲儿了，我只背回了一小部分树丫

子，那一大部分我没有力气背，就扔掉了。

我背回了一小部分树丫子。

小牛没背到树丫子。

河里没鱼水儿清，河里有鱼水儿浑。

北大坑的水儿很浑，北大坑的水面上直打漂漂，北大坑肯定有鱼。

我回家取了渔网，我想一个人捕尽这北大坑的鱼。

可能是因为水大，北大坑的鱼不进网。

我坐在岸上泄气了。

小牛来了，小虎来了，狗剩子也来了。

他们都下了北大坑，他们和我一起捕鱼，不一会儿就把水给搅浑了。

从这张网漏掉的鱼，被另一张网捕到了。

有的鱼憋闷得受不了，探出脑袋直喘气，被我们用手一抓就抓到了。

我们大家在一起捕鱼，每人捕了满满一鱼篓。

我自个儿来捕鱼时，却一条也没捕到。

# 看秧歌

正月里，正月正，家家门前贴对联，笑声连着笑声，小孩子出出进进，天气一点儿也不冷(院子里的小树却冻得“咔咔”作响，村边的小河早结了三尺寒冰）。

我的小妹妹，她上穿绿，她下着红，活脱脱像个大萝卜，鲜嫩嫩、水灵灵。她让我领着到镇上，到镇上去看秧歌啊！

路上也是雪，路上也是风，我的小妹妹她又蹦又跳，乐成个猴巴精。她唱了一段“老将黄忠”，她唱了一段“小英雄罗成”，她还自编自演了一段“我爹爹怀揣着黄饽饽乐呵呵地逛了一趟北京城”……

我的这个小妹妹呀，平日里是棵蔫巴草，寒天冷地她却早早发了青。

人好多呀！

眼里就是秧歌队，耳里就是鼓声、喇叭声。

你挤着我，我拥着你，拥来挤去，丢掉了小妹妹的系发红绫。小妹妹的长辫子，散成了满天乌云遮红日，可她的小模样呢，变成了电影院门前贴着的小影星。我想起有一回她丢个发夹哭半天，今儿个她却笑声接着笑声。

小妹妹她心也在跳，小妹妹她身也在动。她紧紧跟着秧歌队，扭出个庄稼院儿里花朵朵，舞出个蝴蝶翩翩闹春风；踩出个快三步、慢四步，鹞子翻身腾了空；逗一逗肩扛大耙的猪八戒，瞪一瞪妖里妖气的白骨精，学一学跑旱船的三寸金莲步，吆一吆大哥、大姐，帮他们举着高粱、苞米那三四尺高的大彩灯。

正月里，正月正，正月里尽出新鲜事情。爹爹、妈妈总说妹妹小，真是有点儿理不公——她把压岁钱买了红绸绿缎，扯了一根红里有绿绿里有红说不清是红是绿的红绿头绳，她说明年扭秧歌，可要早早去报名。

今儿个小妹妹算是出尽了风头，我这个当哥哥的却成了呆头呆脑傻里傻气的“二巴愣”。

# 带路的花朵

小村外。

风儿好温柔，太阳好明亮。春天啊，真是一番好景象！

我想到远一点儿的地方走一走。

可是，我不敢自个儿走过眼前的荒草甸。

我怕窜出来的小花蛇咬我，我怕长尾巴的马蛇子爬上我的脚面，我怕踩上肉乎乎的癞蛤蟆，我怕豆鼠子那双贼溜溜的鬼眼睛……

我不能到远一点儿的地方去走走，去看看。

我多么想到那棵影影绰绰的白杨树下，去看看去年见过的那棵野杜鹃开了没有。

我多么想去，但我不敢自个儿走过眼前的荒草甸。

这时候，婆婆丁的花朵不断在我眼前闪动，像亮针，像繁星，像小灯笼，像发光的降落伞。

婆婆丁的花朵真好看。

婆婆丁的花朵飞着，我的身子也跟着飞。

婆婆丁的花朵一跳一跳的，我的身子也跟着一跳一跳的。这一棵花朵落下，那一棵花朵又飘过来，我说不清一共有多少棵婆婆丁的花朵，我不知道婆婆丁的花朵飞了多远，我不知道自己走了多远。

我就这样跟着飞啊，飞啊……我也好像成了一棵婆婆丁的花朵。

突然，我差点撞在了一棵大树上。哟，正是那棵美丽的白杨树！树旁开放的正是那棵红色的野杜鹃！

我走过了这片荒草甸，是我自己走过来的，是婆婆丁的花朵带我走过来的。

我没有看见小花蛇，没有马蛇子爬上我的脚面，没有踩上肉乎乎的癞蛤蟆，没看见豆鼠子的鬼眼睛……

我终于到了“远一点儿的地方”。

我终于走过了荒草甸。我终于看见了白杨树下的野杜鹃。

是婆婆丁的花朵带我走过来的。

# 金色的麦秸垛

石头磙子“吱扭扭”地响过之后，金色的麦秸就散堆在打麦场的边上。

麦子已经入仓了。

大人们继续做大人的事情，我们在洋溢着麦香的空气里，可以尽情地在麦秸垛上打闹、做游戏。

在这个季节里，大人很放纵我们。

把身子埋在颤巍巍的麦秸垛里，就像躺在金光闪闪的软床上。闭上眼睛，接受太阳的曝晒，就有了一个又一个金色的梦了。

饱尝的不仅仅是丰收的喜悦，也把已经过去的日子细细地咀嚼。

很有味道呢！

每个人都显出了好手艺。

我们都戴上了用麦秸编成的各种好看的“金”

戒指、“金”耳环、“金”项链……

太阳光一照，一闪一闪的，我们都变成了小金孩儿。

我们把这些“金”首饰献给大妈、大姐，她们“哧哧”地笑着，有的不好意思戴，很多人还是戴上了。

我们把精编的“金”草帽献给大叔、大哥，他们不推不让乐呵呵地戴上，说还真遮阳呢。

我们毕竟好动。我们常常在麦秸垛上摔跤、练武术，摔得再重也不疼。

大人们有时还教我们一点招式。

看样子他们很愿意我们练武，他们说练出了好的体格，学会了干各种活计，以后的麦秸垛会更高，颜色会更加纯正哩！

# 水塘里的月亮

水塘里，有一个圆圆的橙色的月亮。它的背景，依然是那个没边没际的水底天。

水因此变得深了，

水因此变得清了，

是月亮为了濯浴，给自己创造的一个世界吗？

月亮真美，我们不再做别的事情，我们眼里瞅着水里的月亮，在岸边奔跑起来。

月亮跟着我跑，月亮跟着别人跑，

我们跑多快，月亮也就跑多快，月亮是属于我们每一个人的。

我们发疯地狂跑，脚步也就乱了，把土块踢到了水里，把石头踢到了水里，月亮给吓跑了。

我们惆怅起来，

我们伤感起来，

无意间抬头一看，月亮跑到天上去了，正圆

瞪着眼睛气我们呢！

我们坐在了水塘边上，坐得像岸边的树桩一样沉稳，后悔起刚才的莽撞。

水波渐渐地变小，

水面渐渐地变清，

月亮终于又回到水里，它原谅了我们的过失。

我们在水塘边好好地守护着月亮。

# 野鸽子这样死的

哥哥从苇塘里抓回一只野鸽子。这只野鸽子，花脑门，灰身子，黑褐色的尾巴。

多好看的野鸽子啊！

我把它关在一个新编的鸽子笼里。

从此，这野鸽子就有了一个舒适的家了。它再不用经受风的袭击，雨的袭击，也不用担心老鹞鹰的袭击了。

它不用自己去苦苦寻食，可以尽情地享受我送给它的大米、小米、高粱米。

肯定，它比所有的野鸽子都幸福。

可是，

它却总是不安分地在笼子里乱冲乱撞，脑门子都撞出了血，同时发出一种很怪的尖叫声。

它不吃也不喝。

不久，它就开始脱毛，不几天就脱光了，露出血红色的嫩肉。

这时候，它比一只烧焦的乌鸦还难看。

记不清在哪天，它终于停止了怪叫。我以为，它终于习惯了这种生活。

我发现它已经死了，尸体僵硬，可能已经死了几天。

这野鸽子，在那么好看的笼子里，怎么就死了呢？

它是自己把自己害死的吗？

有人告诉我，不能把属于广阔蓝天的动物关在狭小的笼子里，就像不能把水里的鱼儿放在村路上企图让它行走一样。

打这以后，一看见在蓝天中飞翔的野鸽子，我就心里打憷。

我以为，

它们飞着，是在寻找失去的那个伙伴；

它们叫着，是在呼唤失去的那个伙伴。

回到家里，我把鸽子笼给砸了。

# 毛 毛 雨

下了一天，接着又下了一天，毛毛雨。

秫秸障子上的牵牛花不禁浇，菜园子边上的红芨芨草不禁浇，刚刚开的豌豆花也不禁浇，一片一片的花瓣落在了地上，像一滴滴血。

高大的向日葵、矮小的鸡冠花，越浇越显得有精神，看样子还没洗够澡哩。

同属花类，同在雨中，怎么不一样啊！

下了一天，接着又下了一天，毛毛雨。

马在圈里照样吃着青草，懒猪也能按时吃到米糠，鸭子比晴天还高兴，小鸡和家兔也有人给食吃。它们，活得照样很轻松。

苦就苦了看家狗，东院舔舔房门，西院闻闻猪槽，雨天家家有人在，看家狗不再有什么用处。

同属动物，同在雨中，怎么不一样啊！

下了一天，接着又下了一天，毛毛雨。

有的人穿着帆布雨衣，有的人穿着塑料雨衣，有的人穿着草编的蓑衣，有的人披着麻袋片儿。有的人，干脆就光着膀子在雨中奔跑。

有的人是在放牧牛羊，有的人是在引水栽秧，有的人是在喝酒赏雨，有的人在叹息家中没有了干柴。

同样是人，同在雨中，怎么不一样啊！

# 跑，跑就跑在最前头

跑，跑就跑在最前头。

光脚丫子跑，最轻便，可能跑得最快。

但是，虽然说好马不在鞍子，好菜不在勺子，光脚丫子跑，跑不好会被扎破了脚板，会被崴了脚指头，想跑也跑不起来。还是穿个鞋子，穿最轻便的鞋子，该包装的地方就是要包装起来。

跑，跑就跑在最前头。

沿着画好的白线儿跑，不要往别人的跑道伸腿。往别人的跑道伸腿，自己也跑不快。

有句俗语说得好：“南北的路不能往东西走，拿着棒子叫不来狗。”

越是需要速度，越是要守规矩。

跑，跑就跑在最前头。

别怕累，雨水滋润小苗成长，汗水使人变得健壮，冲破一个纪录，就有了一个新的起点。

摔倒了也没啥，摔倒了就爬起来。不怕慢三慢，就怕站三站，乌龟和兔子赛跑的故事我们每个人都很熟悉，我们每个人也都该从中获得启示。

跑，跑就跑在最前头。

最前头，才有最新鲜的景致，发现一个新鲜的景致，就是拥有了一个新的空间。

一头雄健的狮子，能够带领一群羊战胜对手；一头柔弱的小羊，却不能带领一群狮子战胜对手。我们知道这个道理，我们都想锻炼成为一只胸怀奇略、迅疾如飞、力大无比的狮子。

跑，跑就跑在最前头。

“爱拼才会赢”、“英雄无敌手”，多少鼓励的语言在耳边催促，多少闪光的形象在前头领跑。

跑完这一站，跑在了最前头，笑都不去笑，继续奔向新目标。就算没有跑在最前头，更要把机会放在下一站。

因为，人生的路还有很久、很久，眼前只是刚刚开头。

# 思　　念

月亮出来水汪汪，水汪汪……

大宝子说，

月亮出来的地方那里有妈妈美丽的故乡。

他妈妈看她的故乡去了。她说她想念村头的山楂树，她说她想念路边的洋槐花，她说她想念一起长大的小姐妹，她说她想念再也难找回的那个布娃娃……

他妈妈带去了白鸭子生的白鸭蛋，带去了在夜校里剪的窗花花，带去了大宝子写的毛笔字，带去了亲手栽培的东山瓜……

他妈妈说，几天就回来，因为她把心肝留在了家。

现在，水汪汪的月亮天边挂，大宝子却用哭腔喊了一声“妈——”

小河流水长又长，长又

长……

二宝子说，

小河流水的地方那里有妈妈挥动的船桨。

他妈妈到小河里摇船去了。她运送的稻米千万万袋，她装载的芦苇耸云端；她白天划呀划呀划得快，她夜晚划呀划呀划得欢……

他妈妈两脚能踩三尺浪，一声号子震天边；她要一天当成两天过，挣回个金山银山百宝山……

他妈妈说，每天许你念叨妈妈一二遍，超过三遍你就是个狗蛋蛋。

现在，长又长的流水流不断，“妈妈、妈妈、妈妈、妈妈……”二宝子念叨起来就没完。

风吹树叶刷刷响，刷刷响……

三宝子说，

风吹树叶的地方那里有妈妈深情的歌唱。

他妈妈到林区演戏去了。她送去的舞蹈个个都像风摆柳，她唱的歌儿首首全有掌声扬；亦庄亦谐二人转，耳

熟能详胡胡腔……

他妈妈把欢乐带给千万家，半夜也敢走单帮；左手一挥，鼓点“咚！咚！咚！”右手一摆，锣声“噹！噹！噹！”

他妈妈说，想念妈妈也不许叫，叫一声妈妈，妈妈就会心发慌。

现在，刷刷响的树叶连四方，三宝子咬紧嘴唇不出声，两行眼泪往下淌。

# 骑牲口·走泥道·吃辣

骑马骑前腿畔儿，
骑牛骑当间儿，
骑驴骑屁股蛋儿；
这是爹说的。我记住，骑牲口的时候就知道怎么骑了。

黑的是泥，
白的是水，
黄的才是可走的道；
这是妈说的。我记住，雨后走夜路我就知道怎么走了。

葱辣嘴，
蒜辣心，
辣椒辣尾巴根儿；
这是姐姐说的。我记住，吃有辣味东西的时候就知道是怎么回事了。

# 门前的小河

门前的小河清清的呢，

怎么有点浑了？

准是上游有人饮羊呢；准是给刚刚干完活的马呀、牛呀，刷身子呢；准是年轻的妈妈给小宝宝在河里洗衣裳呢……

还是不猜这些吧，反正有人在干他们想干的事情呢。

这样，我们眼里的水，浑也变清了。

门前的小河满满的呢，

怎么有点浅了？

准是上游有人提水浇花呢；准是用水和泥烧成又结实又好看的红砖呢；准是把水引到菜畦里，让各种菜长得又鲜又嫩呢……

还是不猜这些吧，反正有人在干他们想干的事情呢。

这样，我们眼里的水，浅也变满了。

门前的小河急急的呢，

怎么有点慢了？

准是上游有人拦坝抓鱼呢；准是孩子们憋成一池深水在水里洗澡呢；准是很多很多人拦成人墙在水里打闹呢……

还是不猜这些吧，反正有人在干他们想干的事情呢。

这样，我们眼里的水，慢也变急了。

# 好人·坏人

有人告诉我：

好人死了，是要上天堂的。

那么，

我的爷爷死了。我的奶奶死了。现在，他们是在天堂里吗？

如果是的，怎么还不下来告诉我，怎样才能成为一个好人？

难道他们从天上下不来吗？

有人告诉我：

坏人死了，是要下地狱的。

那么，

爱偷鸡蛋的那个老爷子死了。爱贪嘴的那个老太婆死了。现在，他们是在地狱里吗？

如果是的，怎么还不上来告诉我，怎样才能不做个坏人？

难道他们从地下上不来吗？

我胡乱地推算：

好人在天堂，坏人在地狱，不好不坏的人就在天地之间喽？

我现在就在天地之间。

那么，

我究竟是哪点儿好，哪点儿坏呢？我要做个好人，老了也要死的话，我就到天堂，找爷爷、奶奶去！

# 鬼 旋 风

胡同里常常刮旋风。

据说，刮旋风是鬼在行走，鬼从这个地方到那个地方去。当然，不会去做什么好事。

鬼是要把人带到另一个世界去吗？

于是，一刮旋风，我们就向地上吐三口唾沫，冲着旋风喊起来：

“旋风，旋风，你是鬼，
呸！三把镰刀砍你腿；
旋风，旋风，你是狼，
呸！三把镰刀断你肠……”

旋风不刮了，我们的心却没有平稳。

我想，

那旋风并没有停息，它到别处去了，它会到哪儿去给别的地方带来灾难呢？

在那刮起旋风的地方，也有人会喊起这首童

谣吗?

“旋风，旋风，你是鬼，
呸！三把镰刀砍你腿；
旋风，旋风，你是狼，
呸！三把镰刀断你肠……”

每到胡同口，我都这样想着，直至我真正弄懂了旋风的奇妙来历。

# 采 艾 蒿

采呀，采呀，采呀，采呀……

太阳还没出来怕啥，露水湿透了衣裳怕啥；早晨起来吃饱了香粽子呢，我们的手腕、脚腕都绑上了五彩线呢；一想房檐上就要插满喷香的艾蒿了，一想红纸葫芦就要挂满窗棂了……我们的心好舒畅好舒畅呢。啊，我们被五月节的气氛给包围了。

采呀，采呀，采呀，采呀……

可不像平常没人爱搭理我们，大人们都变得絮絮叨叨，他们教我们好多好多道理呢。我们一起温习了几千年前的故事：很久很久以前的一个老爷爷，他又站在了我们的面前，告诉我们怎样做人，告诉我们怎样走路……汨罗江水匆匆流淌，却没有办法把这个日子淹没。

采呀，采呀，采呀，采呀……

我们采起的是一束束思念，我们采起的是一片片希望。笑还是爱笑，可是多了几分严肃；调皮还是调皮，可是多了几分庄重。我们应该怎样纪念这个日子呢？我们应该怎样传下这个日子呢？让我们好好地想一想，让我们多多地采艾蒿吧。

采呀，采呀，采呀，采呀……

# 小狗汪汪叫

小狗汪汪叫……

小狗汪汪叫，想必有客人来了。

那就赶紧穿袜子吧，袜子没找到；那就赶紧穿鞋子吧，鞋子没找到。

光着脚丫子，跑到院子里——

哟哟，哟哟，小狗不叫了，哪有什么客人来到？

小狗汪汪叫……

小狗汪汪叫，想必小狗儿饿了。

那就赶紧温食吧，还没把柴火抱；那就喂点凉食吧，一时找不到泔水瓢。

急得直挠头，在房前转圈子——

哟哟，哟哟，小狗不叫了，是到邻家寻食去了？

小狗汪汪叫……

小狗汪汪叫，想必有小偷来了。

那就赶紧找棒子吧，棒子没找到；那就赶紧报案吧，没有记住电话号。

一追追到大门口，差点摔一跤——

哟哟，哟哟，小狗不叫了，难道小狗确实被偷掉？

# 尖鼻子小二西

（尖鼻子小二西，他长得比我小；
鼻子尖尖的，下巴长长的，丑着呢。）

天空好晴朗，我要到草地上放风筝去哩。

放个老鹰倒展翅给你看看；放个蜈蚣穿白云给你看看；放个蝴蝶翩翩舞给你看看；放个百鸟漫天飞给你看看……

尖鼻子小二西呀，
别傻乎乎地在墙角站着，
给我当匹小马吧，
我不会欺侮你的。

驮上我的风筝，带上我的鞋子。小傻瓜，除了我，谁会领你玩，让我领着你到草地上去吧！

（尖鼻子小二西，他不理睬我，
是我说错了什么话吗？）

天空好晴朗，我要到树林子里荡秋千去哩。

荡个流星一点点给你看看；荡个红旗舞东风给你看看；荡个有影没有声给你看看；荡个有声没有影给你看看……

尖鼻子小二西呀，
别傻乎乎地在墙角站着，
给我当个喇叭筒吧，
我会重重奖赏你的。

看完就说我的秋千在全村最好，看完就说我的能耐在全村最大。小傻瓜，除了我，谁会领你玩，让我领着你到树林子里去吧！

（尖鼻子小二西，他不理睬我，
是我说错了什么话吗？）

天空好晴朗，我要到小河里游泳去哩。

游个蜻蜓细点水给你看看；游个鲤鱼跳龙门给你看看；游个青蛙追蝌蝌给你看看；游个水上喷银珠给你看看……

尖鼻子小二西呀，
别傻乎乎地在墙角站着，

给我当个小喽啰吧，

我不会真让你下河的。

只要你叫我一声“大长官”，只要你不离我身边。小傻瓜，除了我，谁会领你玩，让我领着你到小河边去吧！

（尖鼻子小二西，他不理睬我，

是我说错了什么话吗？）

# 小河两旁，山羊、绵羊

我在小河的一旁，正无忧无虑地观察着那群山羊。羊儿愉快地舔食着嫩草，吸水声比小河的流水还要清亮。小羊儿互相追逐，又在一起落落大方地徜徉，它们生活得多么愉快呀，我因此要写一篇抒情的文章。

可是，正当我要动笔的时候，那个放羊的大哥哥鞭声里卷起了小曲儿，却夹杂着几分忧伤。

放羊的大哥哥呀，

你为什么要有忧伤？

我在小河的一旁，正无忧无虑地观察着那群绵羊。羊儿愉快地舔食着嫩草，吸水声比小河的流水还要清亮。小羊儿互相追逐，又在一起落落大方地徜徉，它们生活得多么愉快呀，我因此要写一篇抒情的文章。

可是，正当我要动笔的时候，那个放羊的大姐姐鞭声里卷起了小曲儿，却夹杂着几分忧伤。

放羊的大姐姐呀，
你为什么要有忧伤？

只是隔着一条浅浅的小河，你们为什么不能把两群羊合在一起，大哥哥、大姐姐呀，你们也好谈一谈心事，畅叙一下各自的衷肠。

我多么想变成一只听诊器，听一听你们跳动的脉搏。

我多么想变成一缕轻风，拂去你们心头的忧伤。

我又自知我无法开口，同时也就像不知道这两岸的山羊、绵羊，各自有各自的活法，各自有各自的主张；不知道这小河里时清时浑的水儿，究竟要流向何方……

# 你说你要回到小村来

你说你要回到小村来——
把看见的海中的明月带给我；
把看见的海鸥的翅膀带给我；
把看见的海浪的力量带给我。

亲爱的大哥哥呀，大哥哥呀，你是不是想起了你和我曾经坐在池塘边，共同争论过大海。当时我可真是天真，我说：大海，也就是扩大了的平静水潭……

你说你要回到小村来——
把看见的身边的白云带给我；
把看见的山顶的积雪带给我；
把看见的大河的飘带带给我。

亲爱的大哥哥呀，大哥哥呀，你是不是想起了你和我坐在矮墙上，托腮仰望呼啸而过的飞机。我们乱想把那只好看的纸鸢，拴上长长的线，随着飞机飞向远方……

你说你要回到小村来——

把看见的草原的红花带给我；

把看见的戈壁的星光带给我；

把看见的森林的绿意带给我。

亲爱的大哥哥呀，大哥哥呀，你是不是想起了你和我携手走在田野上，想把眼前的风景都装在小筐里。那时候，我们怎么也没有想象到，外边的景色也有外边的美丽……

# 走，到雪野去吧

走，到雪野去吧。

真是一个好季节，让我们到雪野去吧。

不必乘着舒适的小马车，不必滑起好玩的雪橇，只用属于我们自己的双脚，缓缓地行走，在洁白的软软的雪野上，画出一道道清晰的曲线。

也许我们会来几次深深的呼吸，让胸腔和旷野进行空气的对流。

是的，那里不是有着清爽的风吗？那不洁的尘土，那遮眼的败屑，也已经埋在深深的雪被下了。就连那随风灌进口里的雪沫，也会是天使赏赐的良药。

也许我们会想起发生过的故事，以使像闹市一样喧杂的大脑，温习一下天真可笑的滑稽剧。

是的，那里不是有着用树枝写过的誓约吗？说不定当年那个作证的小鸟，还在默默地把我们等待。纵然只是翻上几个跟头，可爱的小鸟也能把我们认出。

也许我们会发现只有冬天才有的奇迹，惊喜地感受到不够火热的心房，也会骤然间变暖。

是的，那里不是有冒着严寒开放的冰凌花吗？它会告诉给我们，一切季节都会有适合这个季节生长的精神力量。只要拥有这种精神，我们就会健康地长大。

走，到雪野去吧。

真是一个好季节，让我们到雪野去吧。

还要贪恋封闭的暖屋吗？还要参与闹市的喧杂吗？还要退避冬天的寒冷吗？雪野，总会给我们这样那样的启示。

一定把握住这个难得的机遇，让我们到雪野去吧。

# 骑着大马去远方

我们的大马，一根秫秸就够了。我们的马鞭，一根柳条就够了。我们的队伍，左邻右舍的小伙伴就够了。

我们骑着大马，我们去远方。

到邻村去吧。

邻村也有这样的队伍，邻村的孩子也都像我们一样，个个都是喜欢跑这跑那的淘气包。

我们可以会合在一起，我们可以到更远的地方去，到我们想去的地方去。

我们也可以扎下根来，到村里的所有人家去看一看，去唠一唠。

看，多么好啊。他们来了，他们正向我们招手呢。

到河对岸的风电场去吧。

风电场本来是块寂寞的荒地，差不多一夜之

间就立起了那么多粗壮、高大的柱子。它们是什么时候被立起来的呢？它们是谁立起来的呢？它们是怎样被立起来的呢？这些很重要的细节，我们多么想知道啊。

看一看呵，风轮转得多么坚定，它们一刻也不停歇地转啊转啊，它们都转亮了哪片灯光，都转响了哪些机器啊？

我们大家七嘴八舌地探究起来。

到课本上描述过的海边去吧。

我们知道，课本上描述过的海边，在很远很远的地方，我们的秫秸马还很难赶到。

很难赶到，我们也还是要去的。凡是没去过的地方，都是迷人的地方；凡是迷人的地方，无论多么遥远，我们也要开开眼界。

于是，我们就把课本研习了一遍又一遍，我们把能够找到的书籍找来一本又一本。我们增添了很多关于大海的知识，我们的眼前出现了海。

到远方去啊，骑着我们的大马。

带着我们的梦想，带着我们的愿望……